salvatore testa

a scuola !
a scuola !

self Edizioni

… mettete un libro in mano a un bambino
e ne farete un uomo in grado di pensare …

*…a tutte le persone che
hanno frequentato la
scuola ieri e oggi e
portano nel cuore il
ricordo della vecchia
maestra…*

I fatti narrati sono frutto
della elaborazione di ricordi
dell'autore e di altri amici
che hanno contribuito alla
rielaborazione del periodo
storico che va dalla metà
alla fine degli anni Cinquanta.
Le foto sono dell'autore, di
Vittorio Pandolfi o
provengono dal la pagina
Facebook "Il Corpo di Napoli"
oppure sono state tratte da
pagine free di Internet

Prima edizione autunno 2023

Prefazione

Io li vedo, sapete, tutte le mattine, li incontro quando esco di casa presto, per fare quattro passi all'aria fresca. Sono alti, bassi, grassi, magri, con il viso smunto o paciocconi, allegri o arrabbiati, alcuni insonnoliti, altri giocherelloni, alcuni a piedi mano nella mano con i genitori o dei fratelli maggiori, altri che scendono vocianti da auto più o meno grandi, più o meno potenti o dagli scuolabus.

Sono diversi, eppure tutti uguali, seppure senza i camici che in qualche modo li avrebbero uniformati, come accadeva ai miei tempi. A renderli uguali è il pesante fardello colorato che ognuno si porta sulle spalle, talvolta più alto e più largo del corpo di chi deve trasportarlo, quello zaino variopinto, alla moda, con le griffe importanti pubblicizzate in televisione, che in qualche modo vorrebbe segnare lo status di chi lo ha comprato e invece è semplicemente un inno al mito del consumismo. E invece li fanno somigliare ai fanti che con il loro fardello raggiungevano il fronte della battaglia.

Fardelli zeppi di libri di varie materie, quaderni di tutti i colori, uno per ogni tipo di esercizi, album da disegni astucci con pastelli da 12, 24, 36 colori, matite e temperamatite, la carta igienica e le tovagliette per le mani che mancano sempre nei bagni delle scuole e chissà quante altre robe.

E mi chiedo perché questi bambini già in tenera età debbano essere condannati alla scoliosi portando sulle spalle un peso pari se non a volte superiore a quello del loro corpo e perché, soprattutto, le scuole non possano organizzarsi in modo che i ragazzi lascino i libri nei banchi o negli armadietti nei corridoi, come si vede nei film che arrivano da altri paesi. E ancora perché le scuole non organizzano dei posti di studio centralizzati (chiamarli biblioteche sarebbe forse un po' troppo) dove gli studenti di tutte le classi potrebbero trovate i testi che gli servono, usarli a scuola o in prestito a casa.

Lo chiedi anche, ma non ci sono scuse che reggano alle domande che fai. Oggi non vi sono più i doppi turni che richiedevano una girandola di ragazzi in ogni aula per consentire a tutti di partecipare ai corsi e, di conseguenza, costringevano i ragazzi a portarsi ogni volta libri e quaderni di aula in aula e poi a casa. Gli alunni potrebbero lasciare benissimo i libri nel loro banchetto e portarsi appresso solo quelli che potrebbero servire per svolgere i compiti o imparare le lezioni per il giorno dopo.

Poi, provi ad aprire uno di questi zaini e ti accorgi che quel grande fardello si potrebbe ridurre di peso se soltanto ci fosse del buonsenso. Negli zaini tanti libri intonsi, mai aperti, uno per ogni branca, volumi illustrati, paludati che vorrebbero cambiare di anno in anno, ma ti accorgi che sono sempre gli stessi, salvo aggiungere un paragrafo o cambiare le figure colorate. E ancora ti chiedi come abbiamo fatto noi, ragazzi di un altro secolo appena trascorso, a imparare quello che abbiamo imparato, ad apprendere i rudimenti della grammatica e della geometria, della fisica e della geografia, avendo a disposizione, almeno alle elementari, un solo libro per la lettura e uno, lo chiamavano sussidiario, per tutte le altre materie e due soli quaderni per i compiti, uno a righi e l'altro a quadretti? Come abbiamo fatto, nel corso dei nostri cicli di studio a capire quello che ci ha consentito di diventare medici, avvocati, ingegneri, tecnici specializzati, se nei primi cinque anni di studio avevamo a disposizione così "misero" bagaglio tecnico?

1 - L'ESTATE DEL '54

L'estate del 1954 fu più o meno come quella dell'anno precedente o come quelle che la seguirono. Per una famiglia di operai l'unico sfogo per attenuare la calura era andare al mare e poi la sera sedersi nel vicolo a godere del lieve venticello che smuoveva i panni sciorinati da un balcone all'altro come un gran pavese. Al mare si andava a Mergellina, che era una spiaggia di pescatori e non ancora il porto turistico che sarebbe diventato una volta finito il molo di protezione.

Ci andavamo il sabato e qualche volta anche la domenica con il tram della linea "3" che copriva il tragitto Piazza Nazionale-Mergellina. Noi – papà, mamma, io e i miei tre fratelli più grandi-aspettavamo il mezzo alla fermata di Corso Garibaldi-angolo Piazza Principe Umberto e quasi sempre dovevamo fare non poca fatica per superare la calca che aveva il nostro stesso obiettivo, riuscire a salire e guadagnarsi un posto a sedere. Qualche volta, durante la settimana, io e mio fratello Enzo ci andavamo con la famiglia di don Eduardo, portiere del palazzo di fronte, che durante la guerra era rimasto ferito e paralizzato, con il corpo rimasto teso come un tronco d'albero; fortunatamente poteva muovere un braccio e concedersi qualche sigaretta e poteva anche parlare, cosa che gli consentì di diventare il *"soprannominatore"* del quartiere, trovando sempre un nomignolo adatto per qualsiasi persona. Mio fratello e uno dei figli si assumevano il compito di raggiungere Mergellina a piedi con la carrozzina con l'infermo, noi altri ragazzi prendevamo il tram … senza biglietto perché ci appendevamo dietro tenendoci alla struttura metallica nella quale si avvolgeva la corda del trolley. Spesso arrivavano prima loro perché il tram si consentiva varie battute di arresto affinché il bigliettaio potesse allontanare il nugolo di scugnizzi appesi al mezzo e ricollegare il trolley al filo che alimentava la vettura. Sulla spiaggia consumavamo i panini imbottiti, anzi i *cuzzutielli* di pane con salumi o formaggio, o le frittate di maccheroni portati da casa, annaffiandoli con sorsi di gazzosa che compravamo da una nostra zia venditrice ambulante. Quando i tram erano troppo affollati prendevamo la "direttissima", il passante ferroviario sotterraneo della linea Napoli-Roma che fu la nostra prima metropolitana.

Qualche anno dopo per la spiaggia di Mergellina fu dichiarato il divieto di balneazione e dovemmo "cambiare aria". I lidi di Posillipo erano per noi "troppo chic" – e costosi ovviamente – e la nostra meta divennero le spiagge di Bagnoli e Coroglio. Accanto all'Hotel Tricarico di Bagnoli ritrovammo la zia venditrice di bibite che ci regalava ogni volta una "grattata" di ghiaccio con sciroppi vari.

Colonia estiva a Coroglio – Foto Comune di Napoli

Quando, poi, d'estate papà restava senza lavoro passavamo delle belle settimane a Salerno in casa di zio Peppino e zia Luisa e dei cuginetti Luisa, Rosario e Gerardo. Forse quelli sono i ricordi più belli della mia infanzia passati tra mattinate al mare, a pochi metri da casa, giochi, scherzi e lunghe passeggiate sul lungomare e alla scoperta della città.

Mergellina anni Cinquanta con a destra la spiaggia dei pescatori

Intanto crescevamo. I miei fratelli lavoravano e ora ci potevamo permettere di fare i bagni a Posillipo. Per ragioni di cassa scegliemmo il lido "Villa Quercia", uno stabilimento incassato tra il Circolo Posillipo e il lido Sirena, con una piccola spiaggia a mezzaluna e cabine tutte su palafitte. I vestiti li lasciavamo in uno spogliatoio comune; venivano imbustati e appesi al soffitto di una grotta tufacea

In questi anni i miei fratelli fecero tutto il possibile per insegnarmi a nuotare ma i loro metodi spicci mi provocavano una sorta di blocco interiore e quando mi tuffavo non riuscivo proprio a restare a galla. Imparai a nuotare un poco in tarda età quando l'ortopedico, per farmi recuperare una microfrattura a una vertebra, mi consigliò di

7

praticare il nuoto. Ora la situazione economica della famiglia che avevo creato era molto più florida e potevamo concederci lunghe vacanze sul litorale domizio. Dopo i primi giorni feci buon viso a cattivo gioco con l'acqua, presi coraggio e mi tuffai, riuscendo a fare una decina di bracciate senza affondare. Giorno dopo giorno il numero delle bracciate aumentò, arrivando a 70/80 che facevo lungo una linea parallela alla riva perché restava la paura di perdere il controllo e di annegare.

Spiaggia di Scauri

La "cura" funzionò e non ebbi più i blocchi alla schiena che mi avevano tormentato per anni. Ripetei quegli esercizi ogni anno e da allora non ho più avuto problemi a quella vertebra. Faccio sempre le nuotate parallele alla riva, suscitando a volte l'ilarità della gente. Ma *chisseneimporta,* meglio stare bene. I miei figli hanno imparato presto a nuotare, ma da altri.

Poi hanno imparato anche i nipoti. L'unico autodidatta sono io che sono sempre estremamente preoccupato quando vedo tuffarli. Ma così va il mondo. Intanto ho sistemato la questione abbastanza dolorosa del blocco che mi tormentava la spina dorsale.

2 - A SCUOLA! A SCUOLA!

Quella bella stagione fu caratterizzata da due momenti importanti per la mia famiglia. Mia mamma fu assunta come operaia stagionale nell'industria conserviera della Cirio, e vi restò per parecchi anni, e nella nostra famiglia arrivò un poco di benessere. L'anno dopo fummo tra i primi a comprare un televisore e a diventare punto di riferimento di tutto il quartiere con la gente che veniva da noi per vedere film, commedie e tutto quello che arrivava nella "scatola magica" come la chiamava la nonna. Indimenticabile la folla di amici e parenti che si radunavano davanti casa nostra quando c'era il Festiva della canzone napoletano o una commedia di Eduardo de Filippo.

Quei mesi, però, furono per me terribili. Ero assillato continuamente dai miei fratelli – soprattutto il più grande, Eduardo, che aveva completato le elementari ma non potete andare alle medie perché le scuole erano lontane – che mi costringevano a riempire pagine e pagine di esercizi per insegnarmi a tenere in mano la penna. Allora si usavano ancora le penne con pennino di metallo e inchiostro da intingere nel calamaio. Mi costrinsero a fare le astine, i quadratini, i triangoli e i cerchietti, questi ultimi nel quaderno a righi, come si usava allora. La scuola sarebbe cominciata, per me che dovevo frequentare la prima, venerdì 1° ottobre, Enzo , in terza, e Luigi, in quinta, sarebbero andati il lunedì successivo.

Intanto mamma comprò il "corredo" scolastico che mi avrebbe accompagnato per il primo anno: grembiule nero (stesso colore per maschi e femmine) con colletto bianco e fiocco rosso (il colore della prima), una cartella di fibra, una sorta di cartone pressato, con chiusura a lucchetto e manico, senza tracolla, un quaderno a righi e uno a quadretti, una penna formata da una astina di legno colorato con un pennino di metallo chiusa in un astuccio di legno, una matita e una gomma per cancellare. Nient'altro. Sul davanti della cartella c'era una finestrella in cui mamma fece inserire dal cartolaio un biglietto con il mio nome e la classe, prima sezione A.

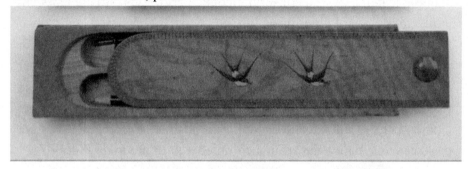

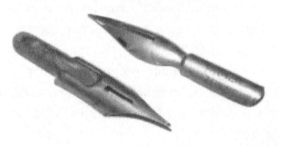

E finalmente arrivò il grande giorno. Avevo paura, perché mio fratello che avrebbe frequentato la terza mi diceva sempre che il suo maestro, De Felice, era terribile e non lesinava bacchettate sulle

10

mani a chi non faceva i compiti o li sbagliava e a chi era maleducato e io temevo che tutti i maestri fossero così terribili. Enzo mi aiutò a vestirmi e mi accompagnò. La scuola era abbastanza distante da casa.

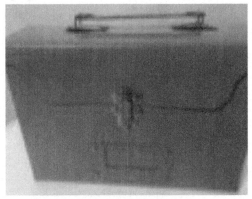

La mattina del primo giorno di scuola facemmo colazione, come sempre, con una tazza di orzo, che la nonna faceva in casa cuocendolo in una vecchia marmitta, e nella quale inzuppavamo dei pezzi di pane rimasti dal giorno prima. Poi ci lavavamo, ci vestivamo e uscivamo. Qualche volta, quando l'orzo non era pronto ancora, la mamma ci dava dei soldi, poche lire, per comprarci delle caldarroste, un coppetto di allesse o palluottoli (castagne bollite con o senza la scorza) da Peppina la castagnara, una donna anziana che tirava avanti vendendo su un banchetto ciò che poteva offrire ai passanti a seconda

11

delle stagioni, dalle caldarroste alle spighe di grano cotte, dai fichi d'india alle grattate di ghiaccio.

Il Borgo S. Antonio Abate e la chiesa di S. Anna

Peppina aveva anche una decina di carrette che noleggiava ai venditori ambulanti che frequentavano il mercato del Borgo S. Antonio Abate.

Dal Borgo bisognava imboccare l'arco che di apriva su Vico Lepri, percorrere i quattrocento metri fino a una piazzetta sbilenca (era obliqua su entrambi gli assi), percorrere una scalinata laterale e alcuni vicoli per sbucare dell'incrocio che dava su Via Pontenuovo, di fronte; sulla destra c'era un vicolo che conduceva al teatro s. Ferdinando e a sinistra la confluenza di via Cesare Rosaroll. Proprio alla confluenza c'era, e c'è ancora, una grande cappella in marmo bianco con un imponente Crocifisso che a noi bambini incuteva paura. E di fronte a quella cappella, dall'altro della strada, si ergeva una torre, ricoperta di pietra lavica, che aveva fatto parte della possente cinta muraria aragonese che nel Medio Evo difendeva la città. Arrivavamo a quel crocicchio con le gambette che ci tremavano per la stanchezza e per la paura della scuola.

Io in prima elementare

Con noi c'erano i fratelli Giovanni e Michele, figli del ciabattino che operava nel piccolo androne del palazzo dove abitava, ragazzi che come me avevano già frequentato la "scuola d'intrattenimento" della signora Maddalena, al quarto piano di un edificio buio e tetro vicino casa. All'epoca, infatti, c'erano pochissimi asili in città e le famiglie che avevano la necessità di lasciare i bambini a qualcuno si rivolgevano a donne del quartiere che raggranellavano qualche soldino con questa attività.

La torre aragonese di Via Rosaroll

In Vico Lepri noi bambini avevamo altri due momenti di apprensione: proprio all'inizio, allo sbocco su Borgo S. Antonio Abate, c'era sempre un cumulo di immondizie lasciato dai venditori ambulanti nel quale banchettavano numerosi grossi topi aggressivi che incutevano paura; verso la fine della strada, poi, abitava un certo Vincenzo "Piscione", un giovane disadattato che, sebbene zoppicante, si divertiva a inseguire i ragazzi che passavano davanti al suo basso. Vincenzo si nascondeva dietro l'uscio di casa e quando passavamo usciva all'improvviso gridando, inseguendoci e spaventandoci a morte.

Restammo qualche minuto a osservare il simulacro di Gesù segnandoci con la croce e poi riprendendo la strada: duecento metri via Pontenuovo per raggiungere la scuola intitolata a Tommaso Volino. Mio fratello Enzo frequentava la stessa scuola e spesso avremmo fatto la strada insieme; Luigi, invece, sarebbe andato alla Gaspara Stampa, dall'altro lato della strada ma qualche decina di metri più avanti. Oggi entrambe le scuole, che erano alloggiate in edifici ottocenteschi, non ci sono più, fanno parte di un istituto comprensivo e le loro sedi sono state spostate. Arrivammo davanti al portone e restammo in attesa che aprissero. Eravamo decine di ragazzi arrivati quasi tutti da soli, tranne qualcuno accompagnato dalla mamma o da fratelli o sorelle maggiori. Per le strade circolavano poche auto e motore e non c'erano tanti pericoli. Si parlava, si gridava, alcuni si rincorrevano, finché non cominciò ad aprirsi il pesante portone di legno e calò un pesante silenzio nella stradina.

3 - LA MAESTRA, UNA ELEGANTE NONNINA

Alle otto in punto spalancarono il portone del palazzo e corremmo tutti nel cortile, dove ci fermammo di fonte a una imponente scalinata con alti gradini e dove fummo bloccati da una donna vestita con un camice nero abbottonato sul davanti, forse una segretaria, e due uomini in divisa, uno grasso e basso con i baffi e uno magro e alto. I due personaggi ci fecero scoppiare quasi tutti a ridere perché, appena li vedemmo, uno dei ragazzi gridò: *"Correte! Correte! Ci sono anche Stanlio e Ollio",* con riferimento ai personaggi interpretati al cinema dal famoso duo comico inglese Stan Lauren e Oliver Hardy.

La donna, che aveva vari fogli di carta tra le mani, ci fece segno di zittire e di ascoltare quello che aveva da dirci. *"Cari bambini – iniziò con tono molto dolce – oggi comincia il vostro primo giorno di scuola. Sarete divisi tra varie classi e raggiungerete le aule al quarto piano a mano a mano che io chiamo la sezione di cui fate parte. Una classe per volta, accompagnati dal bidello, raggiungerete la vostra aula dove vi accoglierà la maestra che sarà per voi come una seconda mamma per i prossimi cinque anni. Spero che ognuno ricordi il suo cognome e mi risponda quando lo chiamerò. Poi altre cose ve le spiegherà la maestra quando raggiungerete l'aula. Vi auguro un buon inizio di anno scolastico e ora vi prego di fare attenzione. Cominceremo a chiamare dalla prima classe sezione A e finiremo alla sezione N."*

Prese il foglio di carta e cominciò a chiamare uno per uno i nomi e cognomi che facevano parte della lista in cui ero incluso anch'io. Perdemmo parecchi minuti perché qualcuno non era abituato a sentirsi chiamare per cognome, o comunque non lo ricordava, ma, aiutati da qualche genitore presente, riuscimmo a completare la lista. Eravamo 26 e mancava un solo ragazzo all'appello. Il bidello ci mise in fila per due e ci avviammo a mettere alla prova le nostre gambette smagrite che avrebbero dovuto salire ben otto rampe di scalinata.

Arrivammo all'ingresso della scuola vera e propria. Accanto alla porta c'era un cartello di metallo dorato con segnato il nome del plesso: "Scuola elementare Tommaso Volino". Entrammo, quindi, in un largo e lungo corridoio sui lati del quale si aprivano le porte delle aule. Accanto a ognuna di esse c'era una maestra. I maestri maschi, mi accorsi subito, erano solo due, uno anziano dal viso burbero e l'altro più giovane, snello, con un vestito elegante e manicotti neri alle maniche, i capelli molto radi. Arrivammo alla porta della "1 A", dove ad accoglierci c'era una donna anziana, con un vestito nero molto austero e un collettino di pizzo bianco, i capelli raccolti in una crocchia sulla nuca; stampato sul volto un sorriso da vecchia nonnina. La mia maestra mi piacque subito e anche dopo quando scoprimmo che non era tutto latte e miele e alternava sapientemente carezze e punizioni.

La maestra Rosa Carmignano

"Buongiorno ragazzi, bene arrivati. Passeremo insieme i prossimi cinque anni, forse qualcuno in meno perché arriverà per me il momento di andare in pensione e potrei lasciarvi prima, ma ancora non lo sappiamo. Spero che vi troverete bene e che potremo lavorare come una famiglia. Entrate senza spingere e cominciate a prendere posto nei banchi, poi, un poco per volta, vi sistemerò meglio". Mentre entravamo ci carezzava uno per e uno e abbracciava quei due o tre che avevano gli occhi lucidi di pianto perché impauriti da questa nuova esperienza. Entrammo e ci guardammo in giro, meravigliati, le pareti erano un poco scrostate ma tutto intorno erano appesi vivaci tabelloni a colori con disegni e lettere di ogni tipo e misura. Con un poco di confusione ci sedemmo nei banchi, secondo il nostro piacere. Io capitai nel banco con un ragazzo che abitava vicino al teatro S. Ferdinando, Roberto Santoro, il quale, parlando quasi sempre in dialetto, diceva di aver visto varie volte il grande attore Eduardo De Filippo che si dirigeva verso il teatro.

19

Mentre ci stavamo sistemando, la maestra Rosa entrò e cominciò a spostarci, mettendo avanti i più bassi e dietro quelli più alti. *"Poi nei prossimi giorni – disse – vedremo se dobbiamo spostare qualcuno che ha problemi a vedere la lavagna. Intanto, imparate a sistemare le vostre cose. Appena arrivati dovete mettere il calamaio nel foro che vedete in alto sulla destra e la penna e la matita nella scanalatura che vedete sempre in alto. Questo è il primo ordine. Poi, di volta in volta prenderete dalla cartella il quaderno a righi o a quadretti per fare gli esercizi e l'album da disegno nei momenti di svago in cui cominceremo a disegnare qualcosa".* Poi la maestra ci disse che bisognava nominare un capoclasse, un ragazzo diligente che fosse anche in grado di mantenere l'ordine quando lei si sarebbe dovuta assentare qualche minuto per andare dalla direttrice o in segreteria oppure raggiungere gli armadietti dove erano custoditi il materiale scolastico e i quaderni per fare le belle copie, uno a righi e l'altro a quadretti un poco più spessi di quelli che abitualmente usavamo noi per i compiti ordinari. La scelta del primo capoclasse cadde su Nino Sellitto, un ragazzo mingherlino che davanti alla scuola era stato a lungo deriso dai suoi compagni del vicolo oltre Via Foria. La maestra spiegò che compito del capoclasse, che sarebbe cambiato varie volte nel corso dell'anno, sarebbe stato quello di mantenere l'ordine in aula, scrivendo sulla lavagna i nomi dei ragazzi che erano stati "cattivi" e quelli dei "buoni". Io ebbi questo onore a metà dell'anno scolastico, ma la maestra

non fu soddisfatta del risultato e mi sostituì dopo un paio di giorni. L'anno successivo e in terza feci il capoclasse per tutto l'inverno.

Detto questo, cominciò a fare l'appello, chiamando ognuno di noi alla cattedra per cominciare a conoscerci e per chiederci come si chiamassero e cosa facessero i nostri genitori. Qualcuno sapeva rispondere a tutto, qualche altro si limitava a dire solo il nome del papà e della mamma e molti non sapevano che lavoro facessero. "*Non fa niente* – diceva maestra Rosa – *a quelli che balbettavano e non sapevano rispondere. Lo scopriremo nei prossimi giorni a mano a mano che faremo amicizia"*. Poi ci fece alzare in piedi per recitare la preghiera del mattino, il "Padre nostro".

Finita la preghiera, ci parlò di quelle grandi cartine geografiche appese alle pareti spiegandoci che rappresentavano l'Italia, il nostro paese, la nostra patria, prima con la divisione in antichi stati o Regioni, poi con la conformazione fisica e politica. *"Queste sono cose che impareremo meglio nei prossimi anni* – spiegò *– quando sarete in grado di cominciare a leggere e a scrivere. Basta che voi adesso facciate attenzione alla forma, che somiglia a uno*

stivale, e al fatto che si tratta di una Penisola, cioè di un territorio che è bagnato per tre lati dal mare. L'altra parte è collegata all'Europa ed è quasi completamente circondata dalle Alpi, le montagne più alte del nostro continente".

Era passato un poco di tempo quando bussarono alla porta ed entrarono due bidelli con una grossa cesta contenete dei panini e alcuni generi alimentari. Era arrivata la refezione. Ci davano sempre un panino con due formaggini o con due cotognate (marmellata a barrette) o due pezzetti di cioccolata. Poiché risultava alla scuola che i miei genitori lavoravano, mi spettava mezza refezione, ovvero mezzo panino con un solo formaggino. Consumammo la merenda nella mezz'ora che ci era stata concessa per la ricreazione e poi la maestra riprese a parlare dicendoci che a scuola si osservano delle regole - attenzione, educazione, silenzio, eccetera – e chi sgarrava incappava nelle punizioni. Non ci disse di cosa si trattasse, probabilmente per non spaventarci il primo giorno, ma poi scoprimmo che quando uno sgarrava la prima condanna era quella di portare un cappello con le orecchie d'asino, la seconda consisteva nello stare faccia a muro dietro la lavagna, la terza assistere in ginocchio alle lezioni. La più terribile, però era la bacchetta di legno con la quale la maestra poteva – e lo faceva – darci dei colpi sul palmo o sul dorso della mano a seconda della gravità dell'infrazione commessa.

La prima mattinata continuò con la maestra Rosa che insegnava a ciascuno di noi come infilare il pennino sull'asta di legno, come intingerlo nel calamaio e come scrivere poggiando la punta del pennino sul foglio senza rompere la carta. Io e qualcun altro, che avevamo fratelli già a scuola, avevamo portato nella cartella uno straccetto per pulirci le mani quando si sporcavano di inchiostro. La maestra lo notò e disse agli altri ragazzi di fare come noi e portare uno straccetto con loro nei prossimi giorni. Io avevo fatto molta pratica con i miei fratelli e cominciai a tracciare qualche riga sul primo foglio del quaderno a quadretti. Poi feci dei quadratini un poco sbilenchi e delle aste. La maestra si avvicinò e si congratulò con me. "Bravo – vedo che ti sei esercitato – disse - oggi è il primo giorno e non voglio affaticarvi troppo da domani cominceremo a lavorare con le lettere e i numeri e vi farò vedere come trasformare le astine, i quadrati e i cerchietti in numeri e lettere".

E mentre lei continuava il giro dei banchi suonò la campanella di fine lezioni. Tutti scattammo a mettere le nostre cose nella cartella, ma la maestra Rosa, alzando la voce, disse che il giorno dopo avremmo dovuto portare un quaderno a righi e uno a quadretti con più fogli per le belle copie in classe e tenere nella cartella anche un piccolo album da disegno poi aggiunse di non fare confusione e di uscire ordinati dai banchi per mettersi in fila per due.

"Dovete camminare ordinati fino al cortile", disse e si mise alla testa della fila. Nel cortile c'era ad aspettarmi mio fratello Enzo.

Gli dissi se potevo accompagnare il mio amico Santoro a casa perché mi faceva piacere vedere il teatro S. Ferdinando. *"Certo – mi rispose – si tratta solo di allungare un poco la strada"*. L'amicizia con Santoro durò per tutti e cinque gli anni delle elementari. Poi ci perdemmo di vista e negli anni successivi ci siamo incontrati solo un paio di volte. Nel frattempo lui mi aveva fatto sapere che a mezzogiorno le monache del convento di fronte casa sua distribuivano il pranzo gratis per i poveri. Con gli amici del vicolo qualche volta, quando non c'era scuola, ci recavamo al convento con una pentola e ci facevamo dare del cibo – pasta con fagioli, patate o altro - che consumavamo sui gradini della chiesa.

Alcune pagine di un libro di lettura

26

4 – POESIE DA IMPARARE A MEMORIA

Il giorno dopo tornammo a scuola con spirito diverso, senza ansie, senza paure. Era sabato e tutti pensavamo al giorno dopo, quando saremmo andati al Cinema Cairoli, nella strada omonima del borgo chiamata popolarmente "Vico della minestra" perché quasi completamente occupata da venditori di verdure, o al Tosca, al Corso Garibaldi a vedere due film e magari almeno uno con i nostri eroi del western. Raramente andavamo al cinema Casanova, dove si proiettava un solo film, o all'Imperiale, in Piazza Carlo Terzo. Dei compiti del giorno prima si parlava poco. Qualcuno fece degli accenni alla maestra, parlandone come una "buona nonnina". Appariva evidente che era passata la paura che aveva fatto vedere la scuola come un pozzo nero da affrontare con cautela.

La maestra Rosa puntava molto sullo sviluppo delle capacità mnemoniche dei ragazzi e, quindi, come avevamo saputo dai ragazzi più grandi che l'avevano conosciuta, era solita assegnare delle filastrocche o poesie da imparare a memoria. Quel sabato ci chiamò alla lavagna uno alla volta per insegnarci i movimenti delle dita nel mantenere in mano una penna. Lo faceva con una bacchetta di gesso e sulla lavagna. Si trattava prima di tracciare un'astina e, poi, lavorando su di essa, aggiungere altri tratti diritti o curvi per dare vita alla serie di numeri da zero a nove. Ci destreggiammo tutti con più o meno difficoltà e mentre lo facevamo – c'erano ragazzi per i quali occorreva più tempo per insegnargli a muovere le dita – era arrivata l'ora della refezione. Quella mattina era composta da un panino e due piccoli pezzi di cioccolata avvolta in una carta con disegni a fumetti. A me, ovviamente, fu dato mezzo panino e un solo pezzetto di cioccolata. Facemmo un poco di ricreazione e poi riprendemmo con gli esercizi sulla lavagna. Durante questa seconda parte i ragazzi rimasti nei banchi non dovevano seguire il compagno alla lavagna, ma fare gli stessi esercizi destreggiandosi con penna e calamaio.

Quasi alla fine della giornata, poi, la maestra Rosa prese dei fogli della sua cartella e cominciò a distribuirli a tutti noi. *"Ragazzi – da oggi cominceremo a imparare a memoria delle storielle o delle poesie. È un lavoro che potrà apparirvi noioso ma che vi servirà*

sempre perché vi aiuterà a rinforzare la memoria. Quella che vedete scritta – ma so bene che non sapete ancora leggere – è una filastrocca che parla di un individuo sfaticato. In questa ora che ci manca proveremo tutti insieme a ripetere la prima strofa cercando di fissarla bene nella nostra memoria. Poi dovete continuare a casa, con l'aiuto dei vostri genitori o dei vostri fratelli, per imparare tutte le strofe. Poi lunedì mattina ci mettiamo e vediamo cosa ricordate. Mi raccomando. Fate attenzione a queste cose che per me sono molto importanti. Non voglio che torniate a scuola per fare scena muta". E così, tutti insieme, cominciammo a recitare, divertendoci molto, la prima strofa del *"Girotondo del fannullone"*. Una poesiola che mi è venuta in mente più di mezzo secolo dopo quando ho sentito un giovanotto che affermava: "Mamma mia, è di nuovo lunedì. Non mi viene mai voglia di tornare al lavoro dopo il riposo della domenica".

Il girotondo del fannullone

Il lunedì, ch'e' il di dopo la festa,
o Dio, che mal di testa,
non posso lavorar!
Il martedì mi siedo sulla soglia
ad aspettare la voglia,
che avrò di lavorar!
Il mercoledì preparo i miei strumenti,
ma ahimé, che mal di denti,
non posso lavorare.
Il giovedì, che fa così bel tempo,
davvero non mi sento
di andare a lavorar.
Il venerdì, ch'e' il di di passione,
mi sento in devozione,
non posso lavorare.
Sabato su ch'e' proprio il giorno buono,
ma per un giorno solo,
che vale lavorar!

29

All'inizio fu una sorta di cacofonia, con le voci che si accavallarono e si sovrapponevano, rimbombando nell'aula. Poi, con la sapiente guida della maestra, cominciammo a ripetere tutti con lo stesso ritmo e ci divertimmo anche.

Il 4 ottobre tutti di nuovo in classe. Questa volta c'erano quattro assenze, ragazzi che non erano venuti perché avevano un poco di febbre. Prendemmo posto e la maestra cominciò a farci vedere alla lavagna come ognuno di noi potesse trasformare le astine e i cerchietti che avevamo scritto nei fogli a quadretti o a righe in numeri, lettere e anche disegni. Uno alla volta ci fece andare alla lavagna, ci diede una bacchetta di gesso bianco e, accompagnandoci con la mano, ci insegnò a fare la serie di numeri da zero a nove. Mentre uno dei nostri compagni era alla lavagna, noi altri dovevamo fare lo stesso esercizio sul nostro quaderno. Non vi dico che strafalcioni e macchie ne vennero fuori perché non eravamo ancora abituati a destreggiarci con l'inchiostro. Comunque, la maestra Rosa in queste circostanze iniziali si dimostrò molto comprensiva e ci aiutò, anche quelli che erano nei banchi, a completare gli esercizi.

Lentamente, e quasi senza accorgercene, era passata la prima parte della mattinata e arrivata l'ora della refezione e della ricreazione. Mangiammo in allegria pane e formaggino e, poi, la maestra richiamò la nostra attenzione. Era giunta l'ora di riprendere a lavorare . Ci fece chiudere i quaderni e ci chiese se avevamo portato i quaderni più grandi che dovevano servire per fare le belle copie e che sarebbero rimasti sempre nel suo armadio. Solo due non li avevano portati e si presero una bella ramanzina. A mano a mano che li consegnavamo, la maestra scriveva in bella calligrafia il nostro nome e cognome e la classe sull'etichetta bianca posta sulla copertina.

Alla fine aiutammo la maestra a riporre le pile dei due quaderni su un ripiano dell'armadio. "Bene – disse lei – grazie per l'aiuto. Ora abbiamo qualcosa da fare, ripetere la filastrocca. Come l'altra volta cominceremo a recitarla tutti insieme e poi, uno alla volta, verrete accanto alla cattedra e la direte singolarmente".

Cominciò a chiamare in ordine alfabetico. Io speravo di farla franca perché ero quasi l'ultimo e speravo che non ci fosse tempo perché riuscisse ad ascoltarmi. Domenica non avevo potuto ripassare perché la mattina ero uscito con i miei amici, eravamo andati al cinema, poi erano venuti zii e cugini a pranzo da noi e c'era stata molta confusione e, infine, i miei fratelli non mi avevano potuto aiutare perché dovevano uscire e i miei genitori erano stanchi. Sapevo bene solo un paio di strofe. Le cose sembravano svolgersi in mio favore perché quasi tutti i miei compagni di classe si trovavano nelle stesse condizioni e, ogni volta che qualcuno di loro si bloccava e non riusciva a andare avanti, la maestra lo rimproverava aspramente e gli metteva una brutta nota sul registro. Stava per finire l'orario quando smise di chiamarci alla cattedra (fui fortunato, avevo scampato il pericolo!) quando la maestra fece una ramanzina generale dicendo che per lei era molto importante che i ragazzi imparassero certe cose a memoria e ci disse che il giorno dopo ci avrebbe ascoltato di nuovo uno alla volta per vedere se avevamo imparato bene la filastrocca.

Suonò la campanella, uscimmo nel corridoio a infilare i cappottini, prendemmo la cartella e, in fila per due, ci avviammo verso il cortile. Mentre scendevamo, Santoro, nel suo napoletano ristretto, mi disse sottovoce *"Totò, ma che vvò chesta. Nuje nun c'a facimme a 'mparà 'e ccose a mmemoria. Ma fosse scema?"* (Salvatore, ma cosa vuole questa. Noi non ce la facciamo a imparare le cose a memoria. Ma sarà scema?)

E non le imparammo. Almeno molti di noi non le impararono, anche perché i papà lavoravano fino a tardi e molte delle mamme non sapevano leggere e scrivere. Il giorno dopo e quelli successivi ci furono una serie di rimbrotti e punizioni, con vari ragazzi in ginocchio dietro la lavagna o accanto alla cattedra. Io me la cavai un'altra volta bene perché la filastrocca l'avevo imparata quasi tutta, grazie all'aiuto di mio fratello Enzo.

5 – UNA TRAGEDIA IMMANE

Le cose non andarono meglio nei giorni successivi e ci volle una intera settimana perché tutti ci mettessimo in riga, avendo imparato a memoria tutte le strofe dello sfaticato. Comunque, fra qualche strepito della maestra e qualche punizione, alla fine della settimana fummo quasi tutti in grado di ripetere l'intera filastrocca. Tra quelli che continuavano a "zoppicare", naturalmente, c'era il povero Santoro, i cui genitori erano praticamente analfabeti e non aveva fratelli che potessero seguirlo. Il poverino, fra l'altro, parlava quasi esclusivamente in dialetto stretto perché di italiano sapeva solo poche parole e per questo si prendeva continuamente le rampogne della maestra.

Però, quasi tutti avevamo preso dimestichezza con penna e inchiostro. Anche se continuavamo a inzaccherarci le dita di blu o di nero – fortunatamente ora avevamo tutti lo straccetto per pulirci e non fare "carte geografiche" dappertutto – e avevamo fatto grandi progressi nel cominciare a scrivere sia i numeri che le lettere minuscole e ad accennare le prime sillabe. In poche settimane saremmo stati in grado anche di scrivere le prime paroline.

Quel sabato, però, a me accadde uno spiacevole incidente. La maestra Rosa, che mi aveva preso in simpatia, mi fece accomodare accanto alla cattedra e mi disse di scrivere su un foglio i nomi dei miei genitori utilizzando quello che avevamo imparato in quei giorni. Il nome di papà lo scrissi esatto, anche se misi tutte lettere minuscole e mancai la "h" del nome, ma la maestra non disse niente perché non avevamo ancora imparato a destreggiarci con le maiuscole. Con quello di mia madre, però,

33

fu tutto molto difficile perché non sapevo che nel cognome (d'Andrea - ndr) c'erano sia una minuscola che una maiuscola e, figuratevi, persino un apostrofo, il cui uso non conoscevamo ancora.

La maestra fece tutto il possibile perché riuscissi a ricostruire il cognome di mamma. Quando si trovò di fronte a un muro, però, mi suggerì una rapida soluzione: andare nella classe terza e farmelo scrivere da mio fratello, poi, ritornato in aula, lo avrei ricopiato con la mia grafia. Acconsentii, ma in cuor mio avevo una grande paura. Il maestro di mio fratello era De Felice, il più terribile non solo dei due maschi, ma anche della maggior parte delle insegnanti donne.

"La terza – disse la maestra – è in questo lato del corridoio, forse tre porte più avanti. Comunque vedrai sulla porta il cartello con un grande "3" e una "A", non puoi sbagliare".

La foto della mia seconda, una delle poche che mi sono rimaste

Uscii titubante e lentamente, a passi di formica, camminai nel corridoio deserto, dove appena si sentivano i bisbigli dei bidelli che si trovavano in una stanzetta dietro l'angolo. Piano piano mi avvicinai alla porta, ma non sapevo come entrare. La voce tonante del maestro proveniente dall'interno mi fece tremare e rallentare ancora il passo. Non

34

sapevo come fare, cosa dire. Mi avvicinai alla maniglia, la abbassai lentamente e, poi, spalancai la porta e lanciai un grido acutissimo: *"Enzuuuuuuuuu"* per chiamare mio fratello. Sbattei la porta e scappai nel corridoio mentre quasi tutte le porte delle aule si erano spalancate e ne erano uscite le maestre per vedere cosa era accaduto e chi aveva lanciato quell'urlo disumano. Riuscii a girare l'angolo e a rifugiarmi, piangendo, nel bagno dei ragazzi. Rimasi lì pochi minuti, fino a quando entrò una bidella, una donnona grassa e tarchiata che, vedendomi in lacrime, mi si avvicinò e cercò di tranquillizzarmi e di capire cosa fosse accaduto. Dopo qualche minuto entrò anche mio fratello, che aveva capito e aveva chiesto al suo maestro di potermi raggiungere. Ancora in lacrime gli dissi cosa mi occorreva. Lui mi prese per mano e mi portò nella sua aula dove spiegò al maestro chi ero e cosa ero venuto a fare. Il prof. De Felice si dimostrò molto più buono di quello che mi avevano raccontato e mi diede il permesso di avvicinarmi al banco di Enzo che mi scrisse su un foglio nome e cognome di mamma. Tornai nella mia classe, dove trovai la maestra Rosa molto preoccupata. Anche lei, che aveva saputo, mi accarezzò e mi fece accomodare nel banco.

Intanto il mese di ottobre era passato e arrivarono le vacanze di novembre, quattro giorni in cui si commemoravano i morti, si onoravano i santi e si festeggiavano le forze armate. Eravamo tutti felici di stare qualche giorno intero a casa a giocare. La maestra ci diede dei compiti da fare unendo le sillabe a formare paroline complete. Inutile dire che molti se ne dimenticarono e al ritorno si presero le ramanzine della maestra.

Alla fine di ottobre, però, si era verificata una grande tragedia dalle nostre parti. Un violento nubifragio si era abbattuto sui comuni della Costiera Amalfitana e sulla periferia di Salerno, provocando crolli, centinaia di morti e feriti e numerosissime famiglie rimaste senza casa. A casa mia lo avevamo sentito dal giornale radio e papà era corso subito al bar di Pietro, l'unico che aveva un telefono, per chiamare la salumeria sotto la casa di zio Peppino al Torrione di Salerno per sapere se lui e la sua famiglia stavano tutti bene. Lo zio lo rassicurò che non avevano subito danni, ma papà era comunque preoccupato e continuava a telefonargli tutti i giorni.

La maestra volle ricordare a tutti noi che nella tragedia erano morti numerosi ragazzi della nostra età e anche più piccoli e ci fece recitare due preghiere per le loro anime. Poi ci raccontò di una bella iniziativa di solidarietà avviate grazie al gesto di una ragazza romana ammalata che aveva inviato alla Rai una sua poesia perché potesse servire a raccogliere fondi per aiutare le famiglie disastrate.

Foto del nubifragio abbattutosi sul Salernitano nell'ottobre 1954

La poesia, "Er zinale" (Il grembiule) fu inviata dalla giovane inferma, Raffaella La Crociera, al direttore della Rai con una lettera in cui la giovane scriveva: "Sono molto malata. I miei genitori hanno speso tutto quello che avevano per guarirmi. E io non ho nulla da offrire ai bambini salernitani. Ti offro questa mia poesia". Lo scritto fu mandato in onda e si aprì un'asta a chi offriva di più per aggiudicarselo. Una nobildonna arrivò a offrire mezzo milione di lire, una cifra enorme per quei tempi. Un commerciante di giocattoli romano promise alla ragazza di mandarle una grande bambola vestita di bianco. Mantenne la promessa, ma il dono arrivò quando Raffaella era già morta, il 2 novembre 1954.

"Ecco ragazzi – disse maestra Rosa mentre, passando fra i banchi, ci porgeva dei foglietti con delle frasi scritte con la sua bella grafia – *questo è il testo della poesia. Portatelo a casa e fatelo leggere ai vostri genitori e parenti. Chi può aiuti questa gente che ha avuto lutti e ha perso tutto nella sciagura. Noi continueremo con il nostro lavoro stando vicino ai disastrati, ma ricordando sempre e portando nei nostri*

Raffaella La Crociera

nostri cuori il ricordo della piccola poetessa che impareremo come abbiamo fatto con la filastrocca. Questa volta c'è poco da divertirsi, ma queste cose servono a tutti noi per crescere e crescere bene".

Fu, per noi bambini, una giornata emozionante perché la maestra Rosa aveva portato con sé alcuni giornali e ogni tanto ne leggeva un brano, soprattutto quelli che riguardavano i bambini morti nel fango o rimasti sotto le macerie e quelli che piangevano invocando le mamme. Nella voce si sentiva il suo dolore, il dolore di mamma e nonna.

ER ZINALE (Il grembiule)
Giranno distratta pe casa,
tra tanta roba sfusa,
ho trovato: ah! Come er tempo vola
er zinale de scola.
Nero, sgualcito.
Un po' vecchio e rattoppato,
è rimasto l'amico der tempo passato.
Lo guardo e come se gnentefusse,
a qull'occhioni
spunteno li lucciconi,
e se rivede studente
allegra e sbarazzina
tanto grande, ma bambina.
Lo guarda e come un'eco risente
Quelle voci sommesse: Presente!
Li singhiozzi, li pianti,
li mormorii fra i banchi,
e senti ... senti ...
pure li suggerimenti.
Tutto rivede e fra quer che resta,
c'è la cara sora maestra.
Sospira l'ecchese studente, perché sa
Che a scola sua non ce potrà più riannà.
Lei ciàartri Professori, poverina.
Lei cià li Professori de medicina.

Arrivò la refezione, ma pochi di noi la consumammo. Gli altri la misero nella cartella; l'avrebbero consumata a casa. Riprendemmo a fare gli esercizi con gli immancabili svarioni e le macchie di inchiostro su fogli e mani. Ma la maestra fece finta di non accorgersene. Non se la sentiva poverina, di punire noi che avevamo la stessa età dei piccoli morti nella sciagura.

6 – IL TRANTRAN QUOTIDIANO

Riprendemmo il solito lavoro quotidiano e la maestra si dimostrò molto soddisfatta dei progressi che stavamo facendo tutta la classe, tranne alcuni che o avevano la testa dura oppure una famiglia che non li poteva aiutare in alcun modo. Tra questi c'era il mio amico Santoro, con il quale adesso mi incontravo anche qualche pomeriggio per giocare. Lui, poverino, sembrava destinato a prendersi i rimbotti continui della maestra perché proprio non riusciva a usare l'italiano per comunicare con lei e con tutti i compagni di classe. Ora con le sillabe ce la cavavamo proprio bene e maestra Rosa comincio a farcele legare insieme, in modo da formare delle paroline compiute. Per fare questo, però, era opportuno che imparassimo bene a riconoscere sia le consonanti che le vocali e avevamo anche cominciato a fare le addizioni.

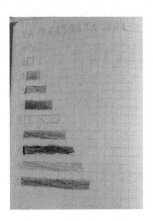

Uno dei miei primi album da disegno

Ma la grossa novità, in quel periodo furono le lezioni di canto. Era un lunedì di metà novembre quando la maestra ci disse che avremmo dovuto preparare i canti di Natale e ci raccomandò di venire puliti e ordinati il giovedì successivo perché avremmo dovuto esercitarci con la maestra di musica. Eravamo tutti eccitati perché a chi non piace cantare e, soprattutto, a chi non piace farlo in compagnia. Il giovedì le mamme ci fecero andare a scuola con grembiule, colletto e nastro lavati e stirati, controllarono che avessimo lavato bene mani, faccia e orecchie e ci pettinarono come non mai. A scuola la maestra ci intrattenne per quasi un'oretta facendoci fare degli esercizi alla lavagna. Poi, quando venne il momento, ci accompagnò nel "teatro" al piano di sotto. Era una stanza enorme, forse il salone delle feste di una famiglia nobile, con parati arabescati un pianoforte a mezza coda nero lucido e file di sedie spaiate. Ad attenderci era un grosso donnone. Trattenni a stento una risata perché a me sembrò la "donna cannone" che si esibiva qualche volta in un baraccone a Porta Capuana, proprio a ridosso delle torri.

"*Bene! Bene!* – disse con voce roboante – *ecco i nostri giovincelli. Speriamo che con loro non ci sia molto da lavorare"* La maestra Rosa si sedette in un angolo mentre la collega ci sistemava a semicerchio a circa un metro dallo strumento musicale.

"*Adesso* - disse – *con la mia voce intonerò una nota salendo e scendendo di tono. Dopo mi metterò al piano e suonerò quella stessa nota, in modo che voi prendiate confidenza con la musica. Infine, io suonerò e con un gesto vi dirò di intonare quella nota tutti assieme. E' chiaro?"*.

"*Siiiiii"* rispondemmo tutti.

Lei si mise al centro del semicerchio e cominciò a cantare "LalaLalaLalalalalalal" due o tre volte, ascendente e discendente. "*Ora provate voi" appena vi darò il via"*. Noi continuavamo a guardarla con ansia perché non ci era mai capitato di cantare tutti insieme in quel modo. Si, a volte qualche canzoncina, ma ognuno cantava a modo suo. Come che sia, ci diede il via e dalle nostre bocche uscì una cacofonia di suoni.

"No, non va bene. Ripetete, ma attenti a partire quando vi do il via, prima basso, poi salite di tono e poi scendete. Osservate le mie mani che vi indicheranno quando andare su e quando andare giù".

Lo facemmo tre o quatto volte. Ogni volta miglioravamo, ma lei non sembrava soddisfatta. Dopo un poco disse di fermarci. Si avvicinò a me che ero sulla punta del semicerchio e mi fece ripetere il "La" due o tre volte. Poi mi guardò sconsolata e disse *"non va bene, mettiti da parte accanto alla tua maestra".*

Fine di una bella carriera da cantante!

Riprovò ancora senza musica, spostò qualcuno dei miei compagni da un posto all'altro. Le cose sembravano andare meglio. Si sedette allo sgabello e provò la nota due o tre volte per farla recepire bene dai miei compagni. Infine li invitò a cantare e insieme, musica e voci, provarono a intonare la nota. Soddisfatta, dopo un'ora e più di lezione, la maestra disse alla sua collega Rosa che andava bene e che il prossimo giovedì avrebbe fatto cantare alcune strofe di una canzoncina ai ragazzi, i quali, però, dovevano ricordare il posto che occupavano nel gruppo. Io sembravo escluso da qualsiasi tentativo di reinserimento e da quel giorno feci tappezzeria. Devo, però aggiungere che nelle successive riunioni a me si aggiunsero altri due ragazzi. Anche Santoro era stato a rischio di esclusione, ma era stato recuperato. Sellitto, invece, sembrò essere il più bravo e ricevette più volte i complimenti della maestra. Quando, nelle lezioni successive il coro cominciò a intonare la canzoncina, la maestra Rosa si assunse l'impegno di dedicare in aula una mezz'oretta al canto, in modo che i bambini potessero imparare bene le parole.

Una volta in aula trovammo un'altra novità: sulla scrivania erano accatastate due pile di libri dalle copertine coloratissime.

"Bene – disse la maestra – *sono arrivati anche i libri, adesso potremo lavorare meglio e più velocemente. Ragazzi, come vedete, i libri sono due: uno di lettura, che resterà valido solo per il primo anno, che*

*ci consentirà di imparare meglio a scrivere le singole letterine e a costruire parole e frasi, l'altro, il sussidiario, che comprende tutte le materie che dovreste studiare quando avrete cominciato a leggere bene. Quest'anno utilizzeremo solo la prima parte, quella relativa all'aritmetica, che ci consentirà di conoscere bene i numeri e le quattro operazioni: addizione e sottrazione, che stiamo già facendo, moltiplicazione e divisione, che inizieremo una volta che avrete imparato le tabelline. Oggi cominceremo con quella del due e speriamo di finirle tutte entro un paio di settimane. Ora prendete il quaderno a righi e cominciamo a scrivere parole con la **gn** e la **gl**".*

In ordine alfabetico cominciò a consegnarci i libri, apponendo con la sua bella grafia i nostri nomi e cognomi e la classe sulla copertina. "Mi raccomando, dite ai vostri genitori di mettere una copertina di plastica per non farli rovinare, soprattutto il sussidiario che dovrà accompagnarvi fino alla quinta".

Il mercoledì, giornata in cui alcune ore erano dedicate al canto, io e gli esclusi dal teatro, per evitare che facessimo confusione e distraessimo i compagni, impegnati a imparare vecchi cori, fummo trattenuti tutti insieme in una sola aula, con una sola maestra che si prendeva cura di noi. Passavamo quell'oretta a fare disegni o a ripetere le tabelline. In quest'ultimo lavoro ci aiutava molto la *Tavola pitagorica* stampata sul retro dei nostri quaderni.

Intanto, si avvicinava il Natale e la maestra Rosa ci insegnò le canzoncine per le feste e con infinita pazienza ci aiutò a compitare la letterina di buoni propositi per i nostri genitori e a imparare la poesiola che avremmo dovuto recitare il giorno di Natale in piedi davanti alla tavola imbandita. A casa mia il giorno della nascita del Bambino Gesù era una gran confusione. Eravamo otto in famiglia: i miei genitori, la nonna materna e una zia invalida. A Natale spesso veniva a pranzo da noi la sorella di mia madre con il marito Giovannino, che morì quando io ero ancora piccolo, e i suoi sette figli, sei femmine e un maschio, l'ultimo. Le sedie non bastavano e per aumentare i posti a sedere stendevamo delle tavole da letto fra una sedia e l'altra. Eravamo una modesta famiglia, ma quel giorno mia mamma, che era aiutata in cucina dalla sorella e dalla madre, metteva in tavola ogni ben di Dio,

Come ogni massaia era molto previdente e durante l'anno presso un negozio di Porta Capuana attivava il suo "canestro", ovvero pagava con piccole somme, giorno dopo giorno, tutto quello che ci sarebbe servito per festeggiare degnamente quei giorni. In pratica il commerciante forniva una scheda con una serie di bollini in cui era divisa la spesa natalizia che si doveva fare.

TAVOLA PITAGORICA

1	2	3	4	5	6	7	8	9	10
2	4	6	8	10	12	14	16	18	20
3	6	9	12	15	18	21	24	27	30
4	8	12	16	20	24	28	32	36	40
5	10	15	20	25	30	35	40	45	50
6	12	18	24	30	36	42	48	54	60
7	14	21	28	35	42	49	56	63	70
8	16	24	32	40	48	56	64	72	80
9	18	27	36	45	54	63	72	81	90
10	20	30	40	50	60	70	80	90	100

Entro il 15 dicembre dovevi aver completato la scheda per aver diritto ai generi alimentari. Se completavi entro l'8 dicembre, festa dell'Immacolata, avevi diritto a un regalo extra. In un angolo, sul radiogrammofono (un bel mobile bar con all'interno delle ante ricoperto da una miriade di piccoli specchietti) troneggiava il Presepe che papà faceva con le sue mani, incollando pazientemente ogni pezzo (mano, braccio, gamba, eccetera) che si fosse danneggiato nella valigetta di cuoio in cui venivano riposti i pastori di creta. A pranzo, prima di mangiare, si svolgeva il "rito" della letterina, che veniva posta sotto il piatto di papà, il quale si meravigliava sempre di trovale lettere sotto il piatto, e della lettura della poesia studiata per l'occasione.

Il mio presepe da parete, fisso tutto l'anno, opera di Vincenzo Casaburi

Dopo le feste ci mettemmo di nuovo tutti al lavoro, con qualcuno un po' più svogliato di prima e Santoro che continuava a fare lo spiritoso con il suo intercalare napoletano, beccandosi puntualmente le punizioni, che a lui sembrava non facesse caldo né freddo. Venne il Carnevale, poi la Pasqua e fiorì infine la primavera. L'anno scolastico lentamente volgeva al termine. Ora sapevamo scrivere i "pensierini", leggere brevi brani e fare di conto, anche se si trattava di operazioni di aritmetica, almeno quelle abbastanza semplici. L'ultimo giorno la maestra Rosa ci consegnò le pagelle avendo cura di consolare i quattro che non ce l'avevano fatta e che avrebbero dovuto ripetere l'anno scolastico. Santoro sarebbe rimasto con me. Uscimmo da scuola al colmo della felicità, saremmo stati insieme anche l'anno successivo. E il giorno dopo tornammo dalle monache che ci riempirono la pentola di una saporosa e succosa pasta e ceci.

7 – UNA NOVITA': A SCUOLA SENZA CALAMAIO

L'estate successiva andammo al mare a Coroglio il sabato e la domenica poi, a metà agosto ci trasferimmo a casa dei miei zii e cugini al rione Torrione di Salerno, un bel quartiere di case popolari a ridosso del lungomare. Nell'appartamento di tre stanze trovammo il modo di arrangiarci nel salotto, dove c'erano un divano letto per i miei genitori e un lettino per me. Mio fratello Enzo andò a dormire nell'altra stanza con i miei cuginetti, Rosario e Luisa.

Fu un periodo molto bello della mia infanzia. La mattina noi quattro ragazzi scendevamo al mare già in costume e spesso anche scalzi – anche se al ritorno dovevamo saltare di macchia d'ombra in macchia d'ombra per evitare di scottarci i piedi e l'attraversamento delle strade era un tormento.

La letterina di Natale

Arrivati in spiaggia piantavamo l'ombrellone e dopo un poco arrivavano anche i miei con due sedioline pieghevoli. I miei zii in quel periodo lavoravano e raramente ci facevano compagnia. In quel periodo i miei zii mi fecero vedere una foto che li ritraeva accanto a un elefante. Me ne feci dare una copia e con quella mi pavoneggiavo con i miei compagni di scuola dicendo che erano proprietari di un elefante.

Dopo pranzo facevamo un pisolino e nel pomeriggio era rituale una passeggiata fino al litorale di Pastena, dove vivevano i cognati di mio zio e gli altri cugini acquisiti. Altro bagno in mare e poi lunghe partite di calcio sulla sabbia con squadre miste di adulti e ragazzi. Qualche volta sul lungomare ci fermavamo ad ammirare uno spettacolo di burattini. Uno di questi, protagonista un diavolo di nome Harakarachiri, incuteva enorme paura a me e mia cugina e la sera spesso avevamo difficoltà ad addormentarci. La cosa che ricordo benissimo di quel periodo è la scritta che campeggiava sulla facciata dell'istituto scolastico intitolato a un grande educatore, Matteo Mari: *"Il seme cadde in buon terreno e germogliò e crebbe rigoglioso"*. Un motto che è sempre stato per me un punto di riferimento.

Finita l'estate, si pensava al ritorno a scuola. Al momento della iscrizione le nostre mamme seppero che non si doveva portare più il calamaio con l'inchiostro perché era stato permesso l'uso di penne biro, che in quel periodo cominciavano la commercializzazione su vasta scala.

Da quell'anno, poi, avremmo cambiato i grembiuli, non più neri, ma ble per i maschi e bianco per le femmine. Il colore dei fiocchi rimaneva lo stesso: rosso in prima, giallo in seconda, blu in terza, verde in quarta e tricolore in quinta. Sicuramente eravamo più belli e vivaci con questi nuovi colori che presero il posto del funereo nero. Le penne biro continuavano a sporcare perché perdevano un poco di inchiostro, anche se di meno, ma le macchie erano più persistenti e le mamme ci sgridavano ogni volta che ci sporcavamo. I quaderni rimasero con lo stesso tipo di rigo della prima classe perché ancora non eravamo molto bravi a regolarci con l'altezza delle vocali e delle consonanti.

Quell'anno la maestra Rosa scelse me e altri due ragazzi, Buccella e Defilippis, per partecipare a un concorso sul risparmio promosso da una istituzione che si occupava di case popolari (Ina casa).

Dovevamo scrivere dei "pensierini" sul risparmio e fummo scelti perché eravamo i più bravi a metter insieme parole e verbi. Su di me c'era qualche dubbio perché, in verità, non ho mai avuto una bella grafia e la maestra mi rimproverava sempre dicendo che sapevo fare bene solo le "zampe di gallina". Qualche volta per questo finii anche dietro la lavagna, ma ho sempre evitato l'onta del cappello da asino o di rimanere inginocchiato davanti alla cattedra.

Non so come accadde, ma risultai tra i vincitori delle prime classi e ricevemmo tutti una casetta-salvadanaio di legno. Mio fratello vinse, invece, il concorso per le terze, che dovevano scrivere un tema, e ricevette una piccola somma in denaro.

Quell'anno venne fuori la mia indole di "paladino dei diritti". La maestra era dolce, ma vivevamo in un'epoca in cui nessuno lesinava le punizioni. Un giorno fu chiamato alla lavagna il mio carissimo amico Santoro, il quale continuava a rivolgersi in dialetto alla maestra. Questa, spazientita, afferrò la bacchetta che aveva sulla scrivania e gli assestò due colpi, uno per ogni mano. Sentii anch'io il dolore e mi alzai di scatto gridando: *E che cavolo. Maestra, lo sapete che non riesce a parlare in italiano*.

"Tu, vieni alla lavagna!"

Mi avvicinai impaurito, sapevo di avere sbagliato e di molto. A casa mia l'educazione veniva al primo posto.

"Stendi le mani e girale". Mi diede un solo colpo dolorosissimo sulle nocche. Non piansi e non dissi alcunché. Ma dentro il mio cuore lacrimava e come. 'Questo la maestra non me lo doveva fare', pensai. La punizione continuò perché fui costretto a restare dietro la lavagna fino all'ora della refezione. Vennero un altro Natale e un altro capodanno, la festa, la poesia, la letterina sotto il piatto del papà con i buoni propositi e le richieste di giocattoli. Venne la Befana con i regali, la solita pistola da cowboy, il cinturone e le cartucce. Un anno papà non

aveva molti soldi e la pistola era piccola a un colpo. Non dissi nulla, capivo, ma non volevo far capire che ero deluso. Uscii di casa e mi andai a sedere fuori la fabbrica, chiusa per le vacanze, che duravano un'eternità e significavano pochi soldi per gli operai. In strada si trovò a passare don Gaetano, il proprietario della fabbrica, a bordo della sua 1100 Fiat. Mi vide e mi chiese: *"Cosa fai lì, tutto solo?"*

"Niente", risposi appena.

"Non può essere niente, aspetta".

Parcheggiò l'auto e venne a sedersi accanto a me, sul gradino della fabbrica.

"Allora, che succede? Perché sei così triste e scontroso?"

Non avevo nessuna voglia di parlare e tanto più con un estraneo. Lui tirò una caramella dalla tasca e me la porse.

"Tieni, me l'ha data un mio nipotino, ma io non ne mangio. Prendila!"

L' afferrai e la misi in tasca.

"Allora? Vuoi dirmi cosa succede? Vuoi che ti accompagni a casa? È qui vicino, per me non c'è problema".   Allora scoppiai a piangere e tra le lacrime gli dissi della pistola che mi aspettavo di ricevere in regalo e quella "cosina" che invece mi aveva portato la Befana.

"Ah! Allora è questo il problema? Alzati!" Mi prese per mano e mi fece andare con lui. *"Accompagnami a fare una cosa, poi ti porto da tuo padre e gli dico che sei stato con me perciò hai fatto tardi".*

Ci recammo a Porta Capuana, a due passi, dove c'erano ancora le bancarelle di giocattoli aperte nella speranza che arrivassero dei compratori ritardatari. Don Gaetano, con me accanto, si avvicinò a quella che sembrava più "ricca", guardò in alto, in basso, a sinistra, a destra e scelse. Scelse un bellissimo cinturone da cowboy come quelli che si vedevano nei film e due belle pistole, poi si fece dare tre scatole di proiettili e si fece fare un pacco. Tornammo indietro. All'inizio del vicolo mi porse il pacco con quegli oggetti che credevo fossero per il nipotino e mi disse: *"Vai, in questi giorni nessuno deve essere triste"*.

Corsi a casa, aprii il pacco, indossai cinturone e pistole e uscii in strada sparando, mentre i miei amici si rincorrevano, ma loro avevano già finito le munizioni e sparavano facendo schioccare la lingua nella bocca. Presi uno scatolino e lo diedi loro, così potemmo giocare tutti insieme. In fondo nel vicolo si è tutti una famiglia e si dividono gioie e dolori.

Per noi del Borgo S. Antonio Abate il giorno dell'Epifania rappresentava una doppia festa, anzi tripla. Infatti quel giorno cadeva la celebrazione dell'arrivo dei Re Magi alla capanna di Gesù Bambino e, per noi di quel quartiere, uno dei primi nati nel Settecento al di fuori della cinta muraria, era il giorno dell'arrivo delle reliquie del santo protettore perché si avvicinava il giorno della celebrazione della sua festa, che cadeva il 17 gennaio. Le reliquie del Patrono del quartiere, racchiuse in un busto d'argento, arrivavano in una auto berlina a Porta Capuana; qui venivano trasferita su una carrozzella scoperta trainata da cavalli e lentamente il corteo si avviava per raggiungere, a Piazza Carlo Terzo, la chiesa dedica ala nostro Santo. Era un percorso abbastanza breve ma lungo da compiere perché il corteo era costretto a fermarsi ogni decina di metri a casa della presenza dei falò di gioia e dei fuochi pirotecnici sparati dagli abitanti. La festa di S. Antonio Abate si protraeva per quasi tutto il mese perché sul sagrato della chiesa ogni giorno si svolgevano celebrazioni per la benedizione degli animali domestici. Poi le reliquie venivano riportate in Cattedrale. La seconda festa era costituita dai regali e dalle calze con dolciumi e, infine, la sera, almeno noi figli di operai, andavamo alla Casa del Popolo, nel cortile di un palazzo del Borgo, dove molti di noi ricevevano altri regali e caramelle.

Le vacanze finirono e tornammo tutti a scuola. Scambiandoci le sensazioni del periodo natalizio e riferendo ognuno dei regali ricevuti per la Befana. Tutti avevano avuto qualcosa, solo il povero Santoro aveva dovuto accontentarsi di una calza con dolcetti, carbone e cipolla. La vita scolastica riprese normalmente fino al mese di febbraio quando dovemmo fare un altro periodo di vacanze forzate a causa del maltempo. Su tutta l'Italia e sul Napoletano si era abbattuta una bufera di neve eccezionale che aveva coperto strade e piazze, dalle zone collinari fino al mare. Per oltre sette ore ininterrotte la neve si era accumulata per parecchi centimetri e l'abbassamento della temperatura aveva fatto scoppiare i tubi dell'acqua, che passavano via aerea da un palazzo all'altro, formando delle inusuali e caratteristiche stalattiti soprattutto nei vicoli. La conseguenza fu che la distribuzione dell'acqua si fermò e l'acquedotto dovette provvedere a inserire rubinetti al piano terra dei palazzi per consentire a tutte le famiglie di approvvigionarsi di acqua potabile.

Io mi arrangiai e mi divertii un mondo. Andai dal falegname che aveva la bottega nel palazzo accanto al mio basso, Mastro Peppe, e mi feci dare due lunghe assi di legno che non gli servivano; poi andai nella fabbrica di scarpe dove lavorava mio padre e mi feci dare dei ritagli di cuoio con i quali feci gli attacchi degli sci. Sulla punta delle assi misi due ritagli di cartone duro e per bastoncini utilizzai due manici di scope. Non durarono a lungo i miei sci, ma fu uno spasso andarsene per i vicoli della zona. Poi la neve ghiacciò e uscire di casa divenne un vero gioco di equilibrismo.

8 – UNA PROMESSA NON MANTENUTA

In seconda erano stati bocciati due ragazzi ma la classe continuò a mantenersi di 26 unità perché i posti dei bocciati furono coperti dai ripetenti. Questi subito si integrarono con noi nuovi compagni e sembravano voler rimettersi in riga con la scuola. Ci volle comunque tutta la pazienza della maestra Rosa che continuava, comunque, a non lesinare punizioni, anche se la bacchetta ora la usava solo per batterla sulla cattedra per richiamare il silenzio e la nostra attenzione. Dopo aver vinto il premio per i pensierini la maestra sembrava avermi preso nelle sue grazie.

Adesso l'impegno era diventato per tutti più oneroso perché cominciammo a cimentarci con il tema e il riassunto e usavamo molto di più il sussidiario perché dovevamo studiare storia (i Romani quell'anno), geografia (l'Europa) e scienze (acqua, aria, gas eccetera). Tutto diventò più complicato per molti, soprattutto per quelli che non avevano qualcuno che li aiutasse a casa con le cose da imparare a memoria. Io mi sentivo più fortunato perché avevo tre fratelli che si interessavano al mio andamento scolastico. Però dovevano aiutarmi di sera, prima che uscissero con gli amici, perché in quel periodo avevo cominciato a lavorare come garzone nella fabbrica

di scarpe di don Gaetano, dove due degli operai erano papà e mio fratello Luigi. Insomma, era la vita che andava avanti così e i figli degli operai erano generalmente destinati a diventare operai a loro volta.

In fabbrica mi utilizzavano per fare piccoli servizi esterni per gli operai, per mettere ordine negli scaffali che contenevano le forme di piede di legno e gi accessori per le scarpe, ma anche per aiutare il factotum, don Vincenzo, che andava in giro per i clienti per presentare i nuovi campionari e per consegnare le merci ordinate. Andavamo in giro su una Fiat 600 giardiniera ed io ebbi modo di visitare molti centri piccoli e grandi della Campania. Spesso andavamo a Salerno e restavamo fuori l'intera giornata. Non c'era ancora l'autostrada e, dopo Pompei, dovevamo percorrere la tortuosa strada statale. Don Vincenzo si comportava come se stessimo facendo una specie di gita e portava con sé la moglie. In tarda mattinata visitava i primi clienti. Poi si andava sul lungomare a consumare un panino e una bibita, se era bel tempo, oppure in pizzeria. Dopo pranzo lui si sedeva in auto e schiacciava un pisolino. Nel pomeriggio, alla riapertura dei negozi, incontrava altri clienti e poi rientravamo a Napoli. Quando lo accompagnavo nei negozi spesso ricevevo delle piccole mance. I soldi che guadagnavo, pochini, li davo quasi tutti a papà trattenendo per me qualche soldino per andare al cinema la domenica. Per una strana coincidenza andavamo spesso a Secondigliano, alla periferia Nord di Napoli, dove abito ormai da mezzo secolo e dove per cliente avevamo uno dei migliori negozi della zona, Ganzerli, tuttora esistente. Don Vincenzo, dopo aver scaricato le borse dei campionari o le scatole con le scarpe nuove, mi lasciava ad aspettare in auto nella piazza principale di quello che una volta era un ricco paese e ora un semplice quartiere della città.

Io chiudevo la macchina e entravo a volte nel Municipio (una volta era stata la sede del Sindaco mentre adesso era una sezione del servizio anagrafe) dove c'era sempre una grande confusione. Altre volte andavo a visitare la bella chiesa parrocchiale dedicata ai santi Cosma e Damiano, che aveva ed ha il sagrato cinto da un'alta cancellata. Mai avrei immaginato che in un'altra vita, tanti anni dopo, avrei costruito in quel quartiere la mia casa, la mia famiglia e la mia discendenza e lì mi sarei adoperato come operatore volontario culturale nelle scuole.

Durante una delle uscite don Vincenzo mi promise che un giorno sarebbe venuto un poco prima a lavorare e mi avrebbe accompagnato in macchina a scuola. *"Ti farò fare una bella figura con i tuoi compagni"* diceva. Ho atteso che finisse la quinta elementare, sono rimasto ancora in fabbrica, ma quella promessa non è stata mantenuta. Però un giorno don Vincenzo mi fece quello che ritengo un bel regalo, stavo aiutando un operaio a prendere delle forme di legno quando lui si avvicinò e mi disse: *"lascia tutto e vieni con me. Oggi dobbiamo fare una cosa importante"*. Lo seguii, entrammo in macchina e ci dirigemmo verso Forcella e i vicoli dietro l'Università, dove don Vincenzo parcheggiò, mi fece scendere e mi condusse verso il Corso Umberto dove c'era una enorme folla assiepata ai due lati della strada. *"Oggi* – mi disse – *si sta celebrando il funerale di una grande uomo, il primo Presidente della Repubblica Italiana, Enrico De Nicola, e noi siamo venuti ad assistere al passaggio del feretro"*. Però era impossibile farsi largo in quel muro di persone. Allora don Vincenzo mi fece salire su uno dei finestroni bassi dell'Università, si aggrappò anche lui alla grata e da lì assistemmo al funerale, con la folla che applaudiva l'amato Capo di Stato.

La maestra Rosa insisteva con la necessità di rafforzare la memoria e ci assegnava per casa sempre poesie e filastrocche. Una noia impararle, ma poi ti accorgevi che sceglieva sempre cose molto divertenti. Per le letture aveva puntato sui brani del libro "Cuore" di Edmondo de Amicis, sottolineando spesso che brani come "La piccola vedetta lombarda", "Il tamburino sardo", "Sangue Romagnolo "e "Il piccolo scrivano fiorentino" servissero a rafforzare in tutti noi il senso di appartenenza a un'unica Patria. Erano brani molto belli e commoventi.

Ma la storia che ci appassionò di più fu quella del lungo brano "Dagli Appennini alle Ande", che narrava di un bambino, Marco, che partiva da Genova alla ricerca della madre, andata a trovare dei parenti in Argentina e che da molti mesi non dava più notizie di sé. Era una storia molto commovente che in certi passaggi ci strappava anche delle lacrime. Ricordo che dopo aver finito le elementari al cinema Tosca al Corso Garibaldi vidi un film tratto da quella storia.

Anche il terzo anno finì. L'ultimo giorno la maestra ci disse di segnare per i nostri genitori il giorno in cui si potevano ritirare le pagelle, aggiungendo che tre non avevano superato l'anno. Uno era già ripetente e non sarebbe più venuto a scuola. Due erano con noi dall'inizio e ci dispiacque. Santoro andava avanti nonostante i problemi che aveva avuto con l'apprendimento delle varie materie.

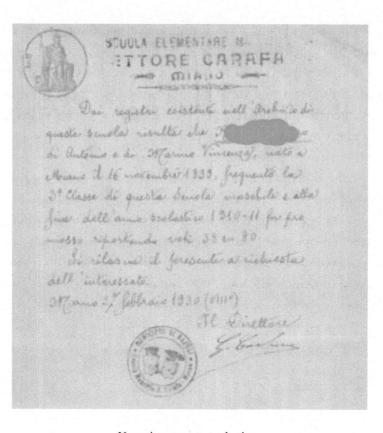

Un antico attestato scolastico

9 – UN ALTRO CAMBIO DI GREMBIULE

Anche quell'anno le vacanze al mare le facemmo a casa degli zii di Salerno. Andammo solo io, Enzo e i miei genitori. Ci saremmo tornati anche l'anno dopo e poi quella bella tradizione sarebbe finita perché la nostra famiglia stava un poco meglio dal punto di vista delle finanze e potevamo permetterci di prendere un appartamento in affitto sul litorale domizio. Erano, comunque, vacanze abbastanza brevi perché adesso papà lavorava per periodi più lunghi in un'altra fabbrica, mamma continuava a essere una lavoratrice stagionale alla Cirio e qualche cosa di soldi in casa li portava anche la zia che lavorava presso un orafo.

In casa nostra questo periodo di benessere segnò l'arrivo quasi contemporaneo, del televisore e fummo la seconda famiglia di tutto il vicolo a possederne uno (l'altra era una famiglia di professionisti amici nostri che a un certo punto avevo dovuto dire "no" alle richieste di poter assistere alle trasmissioni perché erano troppe), il frigorifero e una nuova cucina a gas. Facemmo anche dei lavori di ristrutturazione che ci consentirono di avere un vero bagno con vasca e doccia e non eravamo più costretti a lavarci nelle tinozze (eravamo abbastanza puliti perché periodicamente io e i miei fratelli andavamo ai bagni pubblici che si trovavano in Via Casanova, a pochi metri da casa).

Poi l'estate finì e si aspettava solo l'inizio della scuola, che a quel tempo era fissato sempre al primo ottobre o al giorno dopo se cadeva di domenica. Questa volta la mattina almeno nel cortile non avrei rivisto mio fratello, che aveva conseguito la licenza alla fine dell'anno precedente.

L'unica novità dell'inizio dell'anno scolastico fu di nuovo il cambio dei grembiulini, che questa volta interessò solo i maschi e non le femmine (non esistevano le classi miste). Il nuovo grembiulino doveva essere di un colore verde leggermente più chiaro di quello della nostra bandiera. La cosa un poco fece imbestialire le nostre mamme, che avrebbero dovuto sborsare altri soldini, ma poi pensarono che i grembiulini vecchi erano già laceri e macchiati e fecero buon viso a cattivo gioco. L'unica nota stonata era che noi di quarta sul grembiule verde avremmo avuto un fiocco sempre verde, ma di una sfumatura diversa, accostamento un po' bruttino. Così, all'inizio dell'anno eravamo tutti lì, belli e ordinati ad aspettare che il bidello chiamasse la nostra classe per farci raggiungere l'aula assegnataci. Appena ci mise in fila e ci disse di salire scattammo tutti insieme e facemmo una corsa per raggiungere il piano della scuola e l'aula, dove gareggiammo a insediarci ai primi posti.

Dopo i primi giorni di scuola ci accorgeremmo, alcuni di noi almeno, che nella nostra classe era intervenuto un cambiamento importante. La maestra non sembrava più quella che avevamo avuto negli anni precedenti. Sembrava una donna stanca e triste. E, soprattutto, aveva cambiato atteggiamento nei nostri confronti. Era molto più affettuosa e attenta con i ragazzi che erano rimasti indietro e non riuscivano a imparare le cose che assegnava nelle varie materie.

Era molto più indulgente e premurosa e evitava spesso di infliggere punizioni. Pensavamo che si fosse ammalata e preoccupata per il suo stato di salute. A guadagnare da questa situazione fu soprattutto Santoro, che adesso non era più l'obiettivo principale degli strali della maestra, anche se il ragazzo era molto migliorato e solo raramente gli uscivano dalla bocca delle espressioni napoletane incomprensibili.

Andò avanti così, fino a qualche giorno prima delle vacanze di Natale. A metà dicembre maestra Rosa diede a tutti noi un biglietto da consegnare alle nostre mamme per invitarle a scuola per il giorno 22, l'ultimo prima delle sospirate vacanze. Lì per lì ci preoccupammo in po' tutti perché pensavamo che forse non stavamo seguendo bene le lezioni e lei volesse lamentarsene con le nostre famiglie.

Il 22 dicembre, ci presentammo quasi tutti accompagnati dalle mamme. In quel tempo non era consuetudine fare regali agli insegnanti però alcune di loro portarono bottiglie di vino, dolci napoletani o un panettone. La maestra Rosa accolse tutte con il suo sorriso e una carezza per noi ragazzi. Sembrava proprio un'altra persona. Ci sedemmo tutti nei banchi, anche se stavamo stretti. Poi la maestra prese la parola : *"Care amiche, non è nostra abitudine ricevere i genitori tutti insieme, se non nel giorno della consegna delle pagelle, ma anche allora arrivate sempre un po' per volta, mai tutte insieme".*

"Oggi ho sentito il bisogno di avervi qui, con i vostri meravigliosi ragazzi - tutti quelli che ho avuto erano meravigliosi – perché, sapete, noi maestre li seguiamo per cinque anni forse nell'età più difficile, li prendiamo bambini, insegniamo loro a tenere una penna in mano, a leggere, scrivere, far di conti e imparare, e li lasciamo quando cominceranno un percorso importante della loro vita. Un po' li sentiamo anche figli nostri. Io ora sono alla fine della carriera e ho avuto la fortuna di avere tanti figli, oltre i miei due che ora sono genitori anche loro. A fine anno vado in pensione e – aggiunse con profonda commozione - *volevo che ci fosse un momento di incontro collettivo con voi e loro e anche lasciarvi un ricordo di me, di questi anni passati insieme".*

Aprì un cassetto della scrivania e, trattenendo a stento le lacrime, fece il giro dei banchi per abbracciare le nostre mamme e consegnare loro uno spillo d'argento con l'immagine della Madonna. *"Ai vostri figli* – disse congedandoci – *auguro una vita lunga e felice con tante soddisfazioni. Buon Natale alle vostre famiglie"*. Uscimmo e lei ci accarezzò mentre andavamo via.

Alcune mamme uscirono con gli occhi lucidi. Mamma prese l'abitudine di piangere ogni volta che avrebbe incontrato in seguito i miei insegnanti. Lei aveva fatto uno sforzo per venire a scuola perché durante la guerra era stata ferita da una scheggia di bomba a una caviglia e zoppicava vistosamente. Per lei salire quei grossi scalini era stato sicuramente molto faticoso.

Venditore di caldarroste (V. Pandolfi)

10 – UN SIMPATICO E GIOVANE MAESTRO

Cominciava un nuovo anno scolastico, l'ultimo del nostro ciclo delle elementari. Il giorno prima un gruppo di mamme si mise in contatto con tutte le altre e comprarono una bella pianta di ortensia che portarono alla maestra Rosa, a casa sua, in Vico dei Venti, a pochi passi dalla facoltà di Veterinaria dell'Università. Non vollero che andassimo anche noi ragazzi e non saprei dirvi il contenuto della loro conversazione. Mamma mi disse solo che l'anziana maestra le era apparsa molto allegra e soprattutto contenta di vederle.

Poi cominciò l'anno scolastico. Eravamo tutti in apprensione perché non sapevamo a chi sarebbe stata la nuova maestra. Arrivammo all'aula della quinta e, sorpresa, a riceverci c'era un maestro, un uomo alto, elegante, leggermente stempiato dell'età pressappoco dei miei genitori, sotto i quaranta. Ci accolse con larghi sorrisi e stringendoci la mano, "tra uomini, adesso siete cresciuti, non siete più bambini", ci disse.

Entrammo in aula e, dopo la preghiera, fece l'appello e, come aveva fatto la maestra Rosa quando eravamo piccolini, ci chiamò uno alla volta alla cattedra chiedendo informazioni su ciascuno di noi e sulle nostre famiglie e chiedendoci, infine, cosa ci sarebbe piaciuto fare da grandi. Qualcuno rispose il medico, molti l'operaio, qualche altro il commerciante e circa la metà non seppe cosa dire, limitandosi a un "me lo dirà papà alla fine della scuola", perché in quel tempo non si pensava di poter mettere in discussione una decisione dei genitori. Ma in fondo eravamo quasi tutti figli di operai e commercianti e dalla vita ci aspettavamo, al massimo, di fare il lavoro dei nostri genitori.

Questa chiacchierata prese molto tempo e, intanto, era arrivato il momento della refezione. Il maestro Adolfo, il terzo uomo che veniva a insegnare alla Volino, (ma sarebbero rimasti in due qualche mese dopo perché il "terribile" De Felice sarebbe andato via per malattia), approfittò della pausa per fumare una sigaretta nel corridoio. Lasciò la porta aperta per controllare che non facessimo confusione.

Rientrato in aula ci disse di prendere un foglio a righi dalla spilletta e di fare un tema in cui dovevamo scrivere non cosa volevamo fare da grandi ma cosa sognavamo di fare. *"Sembra la stessa cosa – disse - ma voi siete grandi e bravi e mi piacerebbe che raccontiate i vostri sogni. Non terrò in considerazione i temi per il profitto, ma vorrei averli sempre con me per capire le vostre aspirazioni e cercare di aiutarvi e consigliarvi per quando lascerete questa scuola. La maestra Rosa mi ha telefonato prima di entrare in aula raccomandandomi i "suoi bravi bambini" e io cercherò di seguire la sua volontà e di continuare il suo buon lavoro e le ho detto che sarete anche "i miei bambini". Avete tempo fino alla fine della mattinata, perciò pensate bene a quello che volete scrivere".*

Mentre noi eravamo intenti a scrivere, lui si mise a leggere un giornale sportivo pronto a risponde alle domande che qualcuno gli rivolgeva e a consigliare come procedere con la composizione. Finimmo appena in tempo perché suonò la campanella. Consegnammo il foglio con nome e classe, infilammo velocemente quaderni e penne nella cartella e ci mettemmo in fila per uscire. Giù al portone il maestro ci salutò stringendo la mano a tutti. Era una gran bella cosa, perché ci trattava da grandi, e durò tutto l'anno.

Stavamo crescendo. Fino ad allora avevo guardato alle ragazze del mio vicolo come amiche con cui giocare a calcio, a biglie di vetro, al salto alla cavallina e anche alla settimana e alle bambole. Accadde proprio a metà del Vico Lepri dove vidi uscire una ragazza, forse due o tre anni più grande di me, mora con dei bellissimi occhi profondi. Sentii qualcosa di diverso dentro di me e ogni volta quando passavo di lì mi fermavo qualche minuto sperando di rivederla. Di pomeriggio, quando ero al lavoro, speravo che qualcuno degli operai mi mandasse a fare delle commissioni. Allora allungavo il percorso per poter passare davanti alla casa della ragazza con la speranza di rivederla. Andò avanti per tutto il resto dell'anno scolastico; alle medie mi dimenticai quasi di lei. Un giorno seppi che aveva fatto una "fuitina" con un ragazzo più grande di lei e che si sarebbe dovuta sposare. Feci i salti mortali per andarla a vedere in chiesa ma, quando entrò con un vestito da sposa rosa (la sua famiglia non lo volle bianco perché ritenevano che avesse perso la sua purezza), non provai niente, nemmeno delusione, mi sembrava una bambina che stesse avvicinandosi alla Prima comunione, e me ne tornai a casa.

Intanto l'anno scolastico era andato avanti ed eravamo arrivati all'esame finale. La nostra preparazione era molto buona e affrontammo la prova con serenità, la superammo e riceveremo la licenza elementare. Alla consegna del diploma il maestro si congratulò con ognuno di noi. Quando venne il mio turno mi disse che il mio elaborato sull'Impresa dei

Mille lo aveva colpito in modo particolare perché ero stato molto preciso nell'indicare la rotta delle navi, le deviazioni per sfuggire alla flotta borbonica e, infine, la serie di battaglie combattute in Sicilia e nelle altre regioni del Sud.

"Nel tema in classe – mi disse – hai scritto che da grande vuoi fare l'operaio. Non andrai più a scuola?"

"Si, ci vado. I miei genitori e i miei fratelli vogliono che continui. Farò l'avviamento professionale perché vorrei fare l'operaio in una fabbrica come meccanico".

"Perché non vai alle medie? Hai le carte in regola per farle. Mi piace come scrivi, come risolvi i problemi. E poi sei un ragazzo molto attento e preciso".

"Maestro ma le medie sono più difficili. I miei non hanno studiato. Se non capisco qualcosa chi mi aiuterà? Solo mio fratello più grande studia ancora ed è in terza avviamento. Che aiuto mi potrà dare quando sarò alle prese con i compiti più ardui delle medie?"

"Guarda, al Della Porta, qui vicino, l'anno prossimo parte una media sperimentale con indirizzo per fotografo professionista. E c'è un piano di studi molto più "leggero". Penso che tu abbia le qualità per emergere. Hai una visione quasi artistica delle cose. E ce la potresti fare".

Oggi, a posteriori, posso dire che lui, probabilmente, aveva visto in me delle qualità di cui ero inconsapevole e che avrei scoperto solo molti anni dopo e solo per una serie di strane coincidenze.

"Maestro ne parlo con papà e con i miei fratelli e poi decido. Grazie". Ma non ero convinto della scelta, non ne parlai a casa e scelsi di iscrivermi all'Avviamento professionale, anche se questo tipo di scuola era più lontana di quella che mi aveva proposto il maestro.

Scesi nel cortile e trovai tutti i miei compagni di classe ad aspettarmi.

"Cosa fate qui? Non dovete andare a casa?"

"Torniamo più tardi. Abbiamo deciso di andare a salutare la maestra Rosa. Le nostre mamme sono andate a inizio anno, ci sembra giusto andare anche noi ora che abbiamo superato l'esame".

La maestra fu felicissima di vederci e si emozionò molto nel vedere le nostre pagelle, tutte con ottimi voti. Questa volta però non riuscì a trattenere le lacrime, continuando a mormorare "i miei bambini, i miei bambini. Ne ho visti crescere tanti in questi anni, ma voi siete la mia ultima classe e vi porterò sempre nel cuore, senza dimenticare tutti gli altri". Prese un fazzoletto dalla tasca, si asciugò gli occhi e soffiò il naso.

"Scusatemi ragazzi. È la prima volta nella mia vita che non consegno pagelle o diplomi. Non sapete la gioia che mi state dando. Eppure non sono riuscita a finire il ciclo con voi, mi sarebbe piaciuto accompagnarvi anche l'ultimo anno, sentire le vostre vocine rispondere alle domande dell'esame. Avrei voluto, ma non potevo". Era sul punto di piangere di nuovo, ma tutti ci stringemmo intorno a lei e l'abbracciammo.

La cosa che ricordo in particolare del periodo delle elementari era la matita rossa e blu con la quale la maestra correggeva i compiti: il rosso per gli errori gravi, il blu per quelli veniali. E alla fine il voto sotto i foglio era vergato con il colore che rispecchiava il maggior numero di errori. Allora prendemmo in odio questi segni sui nostri elaborati, ma oggi devo dire che le correzioni servivano a far capire e a fissare nella mente come e perché si era sbagliato, evitando di ripetere gli stessi errori in futuro. Oggi, con le penne cancelline, i ragazzi a volte non si rendono nemmeno conto di quanto più o meno grave siano gli errori commessi. Una cancellatura e si riscrive, E domani siamo punto e da capo.

Non mi iscrissi al corso di fotografia e andai all'avviamento. Per la prima volta feci arrabbiare mio padre, che in fondo al cuore suo avrebbe voluto un figlio laureato, un "dottore". La seconda volta lo feci arrabbiare quando feci il militare di leva, rifiutando di fare domanda per Allievo ufficiale di complemento che sarebbe stata perorato da un suo amico che era nell'Aeronautica militare. E per uno strano destino feci il militare proprio in aeronautica, quella stessa arma nella quale era stato mio padre, anche se lui, si divertiva sempre a raccontarlo, come aviere pilotava un motoscafo con il quale accompagnava gli ufficiali da Venezia all'aeroporto di Tessera e, poi, durante la guerra fu richiamato in esercito e, poiché aveva un figlio piccolo, fu destinato a fare la guardia a un deposito di munizioni. Insomma, papà si era ritrovato a fare 1 militare in tre armi diverse.

Avevo disubbidito ai miei genitori. Tante cose mi frullavano per la testa allora, ma non avrei mai immaginato che la vita forse aveva già scritto per me altre meravigliose pagine.

27 maggio coro Bugliano (PI.A)

Cara maestra,

mi chiamo Giulio e faccio la quinta elementare ma sono 80 giorni che sono chiuso in casa perché c'è il virus.

A me mi piacerebbe tornare in classe con i miei amici e amiche.

Purtroppo io non ho il computer e sono 80 giorni che non vedo i miei amici e poi mia mamma dice che non posso uscire di casa perché c'è il 5G che ci fa ammalare.

Per favore, signora maestra spenga le antenne 5G? così io posso uscire di casa e rivedere i miei amici

Giulio

4+

Ringraziamenti

Come sempre i miei ringraziamenti vanno alla professoressa Anna Baldissara che, non solo mi aiuta nella rilettura e correzione dei testi, ma da tempo è impegnata nella certosina opera di raccogliere e catalogare tutti i miei scritti, costituendo un'ancora di salvataggio ogni volta che mi perdo qualcosa; parimenti devo ringraziare gli amici Luca Saulino, che pubblica sul suo giornale on line alcuni miei libri, Antonio Califano, che "corregge" i miei strafalcioni informatici, Cira delle Donne per i giudizi sui miei lavori.

Indice

Printed in Great Britain
by Amazon

28674188R00044